SHIHOSHI STORY **HARMONY**

시호시스토리 HARMONY
SHIHOSHI STORY HARMONY

권정아

알비

〈일러두기〉

– 패션과 관련된 용어, 외국어 단어 등은 현실감을 살리기 위해 번역해 표기하지 않고, 외래어 및 한국어 발음을 그대로 사용함.

– SHIHOSHI는 패션 브랜드명으로 영문표기법을 따르지 않고 브랜드의 BI를 따라 SHIHOSHI로 표기함.

– 작가 표현 글 등의 본문은 맞춤법에 어긋나도 현실감을 살리기 위해 그대로 표기하였음.

최고의 인간관계란
갈등을 피하려 하지 말고
같이 어울리고, 이야기하는 것!

프 · 롤 · 로 · 그

생김새 하나하나 똑같은 사람이 이 세상에 없듯이 우리가 가지고 있는 나약한 부분 또한 각자 다릅니다. 세상이 주장하는 상식과 합리적인 기준으로만 살아왔더니 어느덧 걱정과 불안, 의심, 부정적인 기운으로 살아가는 나의 모습을 봅니다.

나 그대로의 모습을 어떻게 하면 다시 찾을 수 있는 걸까요? 더 늦기 전에 찾아야만, 내가 살고 내 가정이 유지될 수 있다는 것을 깨닫게 됩니다. 세상의 기준과 평가를 잠시 제쳐놓고 창조주가 나를 빚어준 모습 그대로, 내 본 모습을 인정하려 들 때 아프고 불안했던 인생이 바뀌는 터닝 포인트가 됩니다.

불평하거나, 욕을 하거나, 미워하거나, 표현의 태도가 몸에 배 있지 않으므로 참는다는 변명을 하고, '다 그렇게 살아'라고 위안하는 건 순간을 견디게 하는 진통제일 뿐입니다.

내가 느끼는 상대와의 갈등과 아픔이 결국엔 내 나약함 때문이라는 것을 인정하고, 해결책을 찾으려 하는 태도를 가질 때 내가 변화하고 내 주변이 변화하기 시작합니다.

부모의 그늘서 깨닫거나 치유하지 못한 채 나에게까지 내려온 나약함에 대해서 더 숨기는 일은 나를 아프게 하고, 내 아이를 아프게 하고, 나의 삶을 아프게 한다는 것을 제 인생의 경험으로 고백합니다.

이 책은 나의 인생처럼 완전치 못한 글과, 나의 모습처럼 온전하지 못한 사진으로 채워져 있습니다. 세상의 기준에서 보면 부족하고 자격 미달이 될 만한, 그게 저 '권정아'입니다. 제 삶 일부의 모습을 통하여 완전히 까지는 아니지만 함께 나누고, 공유함으로써 나와 여러분이 덜 아프게 살 수 있게 되기를 바랍니다.

팔로알토에서

권정아 드림

DENIM

데님

데님은 젊고, 밝고, 자유롭습니다. 활기차고 긍정적인 기운이 넘쳐나는 컬러이자 원단입니다. 편안하고 자유로워서, 행복한 느낌이 가득합니다.

데님이 어울리는 사람만큼이나 기억에 남는 스타일은 없습니다.
그 사람은 아마도 함께하기에 편안하면서도
섹시한 느낌을 지니고 있을 테니까요.

SHIHOSHI STORY HARMOMY

점점 나를 닮아가는 딸의 모습….
나 역시도 엄마를 더 닮아 가고 있는 걸까?

누군가의 멘토, 누군가의 롤모델, 다른 이의 기대에만 묶여 산다는 것은 정말 피곤한 삶입니다. '위선'을 필요로 하기 때문이겠죠. 기대에 부응해야 하는, 혹은 이렇게 보여야 한다는 의식이 나를 자유롭지 못하게 합니다. 저는 딸에게, '착하게 산다', '바르게 산다'를 강조하고 그렇게 보이려 애쓰기보다는, '즐겁게 산다'는 걸 전해주고 싶습니다. 딸이 세상에 대하여 긍정적으로 느낀다는 것은 매우 감사한 일입니다.

남편과도 즐겁고, 주변의 친구들과도 즐겁고, 대화도 즐겁고 요리도 즐겁고, 음악도 즐겁고, 우리가 속한 현실 안에서 하루하루를 즐길 수 있다는 것 자체가 저는 좋습니다.

무언가 보여주기 위해 애쓰고 견디는 즐겁지 못한 엄마의 모습은 그 뜻이 아무리 좋을지라도 아이에게 결국 세상이란 '견뎌야 하는 것'으로 인식될 수 있으니까요.

SHIHOSHI STORY **HARMOMY**

Three people only. This is my family and it's a small.
but I haven't much thought about that it was small.
Cause for me, they are the people who are crazy
enough to make me the biggest laughs in this world :)

제 가족입니다. 세 명뿐인 작은 가족입니다. 하지만 이 안에서
는 가장 자연스럽고 본능적인 웃음이 생산됩니다. 바보로 보
이든, 아이로 보이든, 어떻게 보이든 우리는 개의치 않습니다.

이 웃음이 제가 하루를 살 수 있는 이유이고, 남편이 하루를
견딜 수 있는 이유이고, 아이가 집에서 편함을 느낄 수 있는
이유라고 생각합니다.

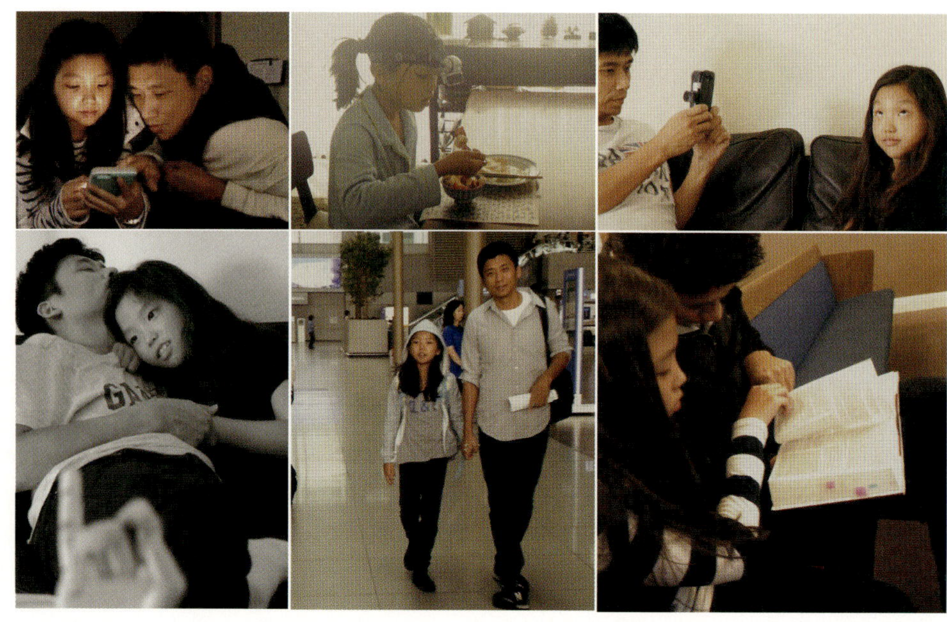

내가 일주일이 넘는 출장을 가게 되면 집에서의 내 자리(엄마 혹은 아내의 빈자리)는 킴스들의 그로테스크한 광야로 순간 스위치 됩니다.

자유의 시작인 거지.

일단 아빠로부터 원 없이 새로운 앱을 받고 즐길 수 있다거나, 부엌에 불을 켜고 먹는 대신 광부의 역할놀이를 하며 식사를 한다거나, 함께 성경책을 읽고 엄마에게 보내줄 만한 구절을 함께 찾아본다거나, 잠깐이라도 엄마를 만나기 위해 함께 내가 있는 곳으로 와준다거나, 서로 최고로 이쁜 척 사진을 찍어준다거나, 엄마는 관심조차도 없던 아빠의 일에 대해서 딸로서 격려해 준다거나….

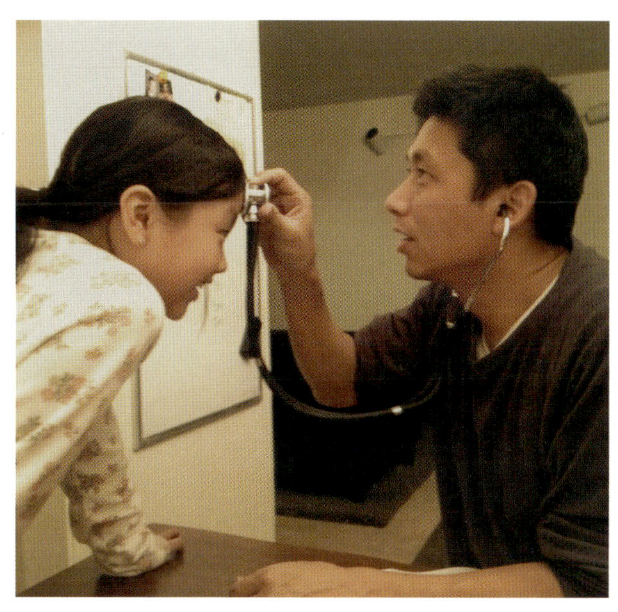

시호가 아플 때 아빠는 시호가 어디서 스트레스를 받았는지 먼저 '진단'에 들어갑니다.

아이를 깔깔거리고 웃게 하면, 다음날 멀쩡하게 나은 경험이 꽤 있으므로 나는 남편의 '처방'을 신뢰합니다.

All about duck tape 지난주, 남편이 시호방을 의식하며 나에게
몬가를 조심스럽게 보여 줍니다. 시호가 지난달, 아빠의 생일 선물이라
며 열과 성을 다해 덕 테이프로 만든 스마트 폰케이스.

멀쩡한 케이스를 한쪽에 처박아두고 요즘 저 fancy한 거 들고 다니더구먼.
색상도 민망하고 이젠 그만 들고 다니고 싶다 하는데 어찌할지를 모르겠
다며 고민합니다.

저노무 덕테이프.
(막상 시호 자신은 매우 쌈박하고 깔끔한 케이스를 지니고 다님 -.-)

간만에 샌프란에서 회의가 있었던 날 미팅을 마친 후, 킴스들과 저녁 약속이 되어 있는 식당으로 향했습니다. 간만에 둘이서 얌전하게 왔다 싶었는데 식탁에 앉자마자 종이로 된 3D 안경이라며, 여기 오기 전부터 시작했던 작업을 마쳐야 한다는 이유로 온갖 정신없는 물건들을 꺼내놓기 시작했습니다.

historic JOHN'S GRILL @San Francisco

Caltrain
TICKET CHANGE

행복은 '이런 거야.'라고 만들어져 있는 것이 아니라,
당신의 행동이 스스로 만들어 내는 것입니다.

RAILROAD
CROSSING
2
TRACKS

파리바게뜨 시호가 제일 좋아하는 곳은 다름
아닌 '파리바게뜨'입니다. 멀리서만 봐도 아이의
입이 벌어집니다.^^

If momma ain't happy, Ain't nobody happy.
엄마가 행복하지 않다면 가족 그 누구도 행복하지 못합니다.

A positive mind will give you A positive life.
— Joyce Meyer

"Practice Positive Thinking"
특히 아이가 있는 집이라면 해봐야 할 훈련입니다. 생각으로만 끝나면
아무런 변화가 없습니다. 뭐든지 '행동'과 '실천'이 열쇠입니다.

12년 동안 학교에 가고, 4년 동안 대학에서 공부하고,
죽을 때까지 일만 하는 당신이 아이에게 무엇을
보여주고, 가르칠 수 있을까요? cool~

아이에게 돈을 많이 벌어주는 아빠도,
늘 옆에 함께 있어 주는 아빠도 나쁘지 않지만,
엄마를 사랑하는 아빠가 최고의 아빠입니다.

미소는 모든 사람의 마음을 여는 열쇠입니다. 미소는 돈 들이지 않고 당신을 가장 예뻐 보이게 하는 방법입니다. 미소는 모든 사람들이 배워야만 하는 언어와도 같습니다.

아이에게 늘 미소로 대답하는 것을 잊지 마세요.
어른에게 미소가 없는 대꾸를 받은 아이들은 세상
에 대한 좋은 기대를 저버리게 됩니다.

See Miracle In Life Everyday. S.M.I.L.E

당신의 행복이 다른 사람의 기준에 의해
좌지우지된다면, 좀 문제가 있는 것 아닐까요.

SHIHOSHI STORY **HARMOMY**

지난해 여름 하와이에서 한 달을 머무는 동안, 밤만 되면 티브이에서 방송되던 '기황후'라는 드라마에 완전히 꽂혀버린 딸이, 이 세상에서 하지원 언니가 가장 아름답다며 '기황후'의 사진을 벽에 붙이다 못해 그려보기 시작했습니다.

자신의 그림이 마음에 들지 않으면 아빠에게로 달려가 하지원 언니의 사진과 최대한 똑같아야 하는 그림을 얻어내곤 합니다. 시호 아빠가 기황후의 그림을 그려주고 시호에게 받은 그림 값은 이제 15불이 넘어갑니다.

담 주에 한턱쏘겠다고 했습니다. in n out (인앤아웃—패스트푸드 햄버거집)에서.

New Year's pic 아침이 되면 자기 방에서 튀어나와 우리 침대로 쪼르르 달려와 가운데로 쏙 들어오는 시호의 아침 모습을 담으려 처음 사진을 찍어본 날–

의식하지 않았던 그 날이 신기하게도 (시호가 세 살이 되던) 새해 아침이었습니다.

그 날 이후로, 매년 새해가 시작되는 1월 1일이 되면, 쪼르르 달려와 가운데로 쏙 들어오는 시호와 함께, 매년 새해 사진을 기록하게 되었습니다.

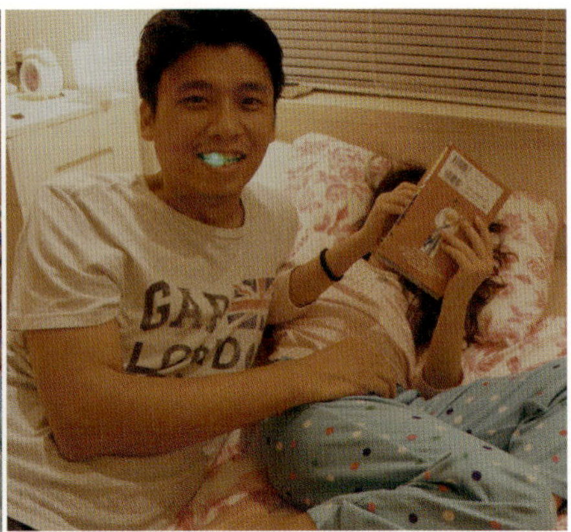

아우 깜짝이야. 딸이 잠들기 전, 읽고 있던 책
'코난'의 상황을 그대로 연출 중이라고.

SHIHOSHI STORY **HARMOMY**

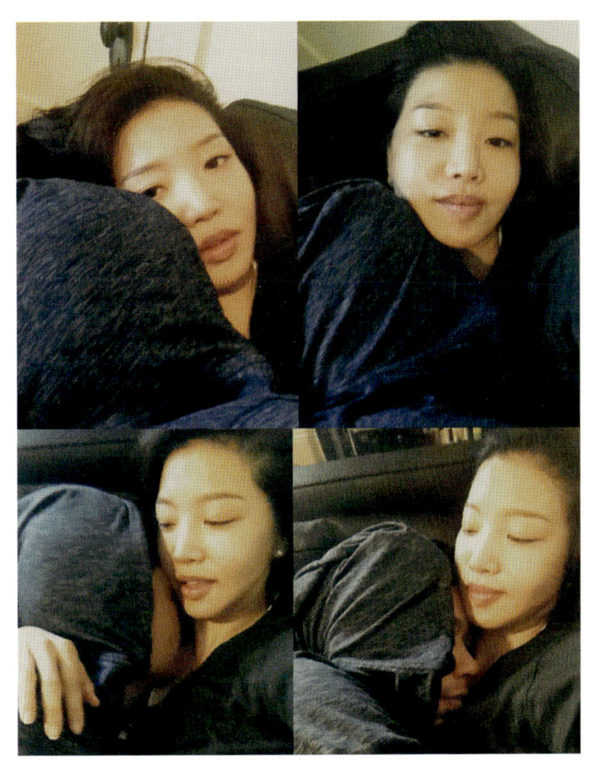

토욜 오전, 우린 소파에서 잠시 낮잠을 취했습니다. 쿵후 클래스에서 운동하고 있는 시호에게 이 사진을 보내주었더니, 딸에게서 대답이 왔습니다. "지금 내 코스프레를 하고 있는 거야??!!"

누군가 물질적으로 가난하다 해도,
자신의 환경에 얽매이지 않고 자유롭다면, 누구보다 멋있어 보입니다.
억만금보다 더 위에 있는 건 '자유'입니다.

SHIHOSHI STORY **HARMOMY**

즐거움의 필요성 우리는 '창의적이어야 한다'는 이야기를 참 많이 듣습니다. 학교에서도, 사회에서도, 미디어에서도 끊임없이 주입합니다. 하지만 어떻게 하면 진짜 창의적이 될 수 있는 건지 구체적인 방향을 제시하는 사람은 없습니다. 정작 그렇게 이야기하는 사람들마저도 '이렇게 되어야 한다'. '저렇게 해야 한다'라고 구분 지어가며 창의적이지 않은 방법으로 가르칩니다. 창의적인 아이디어를 만드는 사람들은 대부분 스스로 즐길 줄 아는 사람입니다. 매번 부모가 나서 지나치게 개입하는 태도부터 자제해야만, 아이 스스로 느끼고 생각하는 감성이 발전합니다. 감성은 누군가의 가르침에서 얻는 것과는 전혀 다르게 생겨납니다. 처음 바다를 접했을 때 바닷물의 신기한 맛과 감촉, 어떤 음식을 먹을 때 새롭게 다가왔던 냄새, 구름의 움직임을 보며 이런저런 상상을 하게 하는 모양들, 스치듯 본 것들에 대한 즐거운 잔상. 그렇게 보내는 시간이 감각을 키워나가는 과정임을 이해하고 잠시 자리를 비켜주는 것 또한 부모의 역할 중 하나임을 기억해 둡시다. 스스로 즐길 줄 아는 사람은 풍요로운 삶을 살게 됩니다.

Kenmore Av
600 S

하루를 대할 때 자신의 역할을 하찮게 여기면 불쌍한 사람이 되고,
하루를 대할 때 즐겁게 대하면 그는 즐거운 삶을 사는 사람이 된다.

인간을 움직일 수 있는 건
타인의 가르침이나 지적이 아닌 **감동입니다.**

세상이 만들어 놓은 성공의 조건이나 행복의 기준 따위는 조금 무시해도 됩니다. 그
것들은 사실상 우리의 삶에 부정적인 영향을 끼칠 뿐이거든요. 오히려, 나의 약점을
공개하고 상대와 공유하며, 위트 있게 혹은 유머러스하게 표현할 줄 아는 여유를 갖
추게 될 때, 그때부터 인생의 행복이 열리는 건 분명합니다.

행복이란 '늘 기다려지는 것들'이라고 딸이 말합니다.
시호에겐 '금요일', 남편에겐 '책'과 '쇼팽', 나에겐 '잠'입니다.

한국에 갈 때마다 느끼는 것 친구의 딸아이들과 함께
이야기하고, 놀고, 먹을 때는 그녀들의 활기차고 밝은 모습을
볼 수 있지만, 학교 이야기가 시작되면 얼굴이 급히 어두워진다는 것입니다.

SHIHOSHI STORY **HARMOMY**

자극에 의한 즐거움은 우리의 아픔을 잠시 잊게 하는 진통제와 같고,
감동에 의한 기쁨은 우리의 아픔을 낫게 하는 치료제와 같습니다.

웃음 나를 – 넓게는 내 가족을 – 유지하기 위한 항목을 꼽으라면 거의 모든 사람이 이렇게 말합니다. 직장, 집, 명예, 돈, 학력, 좋은 음식, 건강, 예술활동 등등. 나열하자니 끝이 없습니다. '웃음' 혹은 '유머'를 의식하는 사람은 거의 없습니다. 내 나약함을 드러내고 그것을 웃음으로 한 번 공유해보세요. 한숨 대신 말이에요. 비타민의 몇 배 효과를 넘어서 세상을 살아나가는데 예방 백신이 따로 없다고 전 믿습니다. 저도 마흔이 넘어서야 깨닫기 시작합니다. 행복의 조건이란, 물질이 많고 적음을 따르는 것이 아니라 나의 마음과 나의 행동으로부터 시작되는 것임을.

bl & wh

블랙 앤 화이트

극명하게 대비되는 색상이지만 그만큼 어울리는 색상도 없습니다. 우리는 각기 다른 모습을 가지고 있고, 다른 장단점을 가지고 있습니다. 가깝게는 부부도 다르고 부모와 자식도 다릅니다. 다르다고 등을 돌리거나 비난하지 말고, 서로의 다름을 받아들이고 인정할 때 관계에서 조화로울 수 있습니다. 혼자 살아갈 수 없는 이 세상은 다른 이들과의 무수한 조화, 하모니의 연속입니다.

초등학교 졸업반인 딸에게 얼마 전 학교에서 미국의 모든 스테이트와 해당 주도를 외워야 하는 숙제가 주어졌습니다. 우리는 시간이 날 때마다 미국 각 스테이트의 한 도시씩 다녀보는 중입니다. 아이 덕분(?)에 생각지도 않았던 미국 여행을 하게 됩니다. 나에게 여행이란, 어디서 보고 들은 것을 눈으로 확인하러 가는 것이 아니라, 나와 다른 사람들이 사는 환경에 잠시 동참할 수 있는 여유를 가져보는 것입니다. 여행이 끝나갈 때 즈음, 그동안 **나를 눌러 왔던 이념과 생각에서 매우 자유로워져** 있습니다. 여행이 나에게 주는 선물입니다.

I CAN DO IT 이 한마디에 객기 부리다가 좌절한 사람들… 많습니다.
그 어떤 일이든 '혼자' 할 수 있는 일이 없음을 깨닫기 때문이겠죠? 뒤에 무언가
가 하나 붙는다면 이야기는 달라집니다. I can do it, WHEN I'M WITH YOU.
누군가와 함께한다면 당신은 할 수 있게 됩니다. 그 일이 무엇이든

SHIHOSHI STORY **HARMOMY**

가장 '나약한 사람'은 누구입니까? 육체가 불편한 사람? 스펙이 낮거나 가난한 사람? 개개인의 기준에 따라 다릅니다. 제가 생각하는 가장 나약한 사람은 상대방과 자신의 '다름'에 대해서 인정하지 못하는 사람입니다. 내 생각이나 가치관, 습관, 성향이 다른 상대를 향해 '다르다' 대신에 '틀렸다'라고 단정하려 듭니다. 자신은 늘 옳고 맞는데 상대가 나와 다르므로 다 틀립니다. 같은 언어와 생김새, 한 종족의 한 문화, '한 가지'에만 익숙하므로 다른 것들과 섞이는, 즉 '하모니'를 배우지 못함에서 나온 후유증입니다. 늘 익숙하고 편한 것들 안에서는 긴장할 일이 없으니 그것이 나아가 게으름이 됩니다. 새로울 게 없고 당연한 게 많으니 이제 남은 것은 불평할 것투성이입니다. 남이 나와 다르면 다른 게 아니라 틀린 것이고 이상하다고 말합니다. 그렇기에 가정에서도 학교에서도 사회에서도 남과 다를까 봐 늘 조마조마합니다. **나를 표현하지 못하면 화가 쌓입니다.**

블랙과 화이트의 극명한 대비 남편은 아버지에 대한 상처가 있습니다. 그 상처를 딸에게 대물림할까 봐 전전긍긍하였습니다. 아마도 평생 외국에서 살고자 했던 그의 선택은 아버지와의 관계에서 비롯된 것일 겁니다. 하지만 남편이 가장 머물고 싶어 했던 장소는 멋진 도시나 흥이 있는 곳이 아니라 편안한 아버지의 품이었는지도 모릅니다.

세상의 모든 '관계'에 대처하는 우리의 의식은 가장 먼저 부모와의 관계에서 만들어집니다. 자식에게 원망을 사지 않았던 부모는 존재하지 않습니다. 어느 부모가 자식이 원하는 대로 온전히 모든 것을 채워줄 수 있을까요. 부모들은 다를까요? 아이의 뜻이 아닌 자신들의 뜻대로 내 아이를 빚어나가길 원한다면 끝없는 갈등의 연속일 수밖에 없습니다. 미안한 이야기지만, 부모와 자식의 관계란 극명한 대비 안에서의 애증 관계입니다.

비교의 결론은 허무입니다 별것이 아니라 해도 '오리지널'
은 백만 개의 그럴싸한 '이미테이션'보다 낫습니다. 아이덴티티를
가지고 있기 때문입니다. 그 아이덴티티는 거래에 대하여 무한한
가능성을 가지고 있습니다. '남처럼', '남과 같이' 비교로 시작되
는 것의 결과는 '허무'입니다.

Dysfunctional Families 이전 20여 년 동안 '우울증'이 현대인에게 닥친 가장 큰 고민이자 숙제였다면, 현재 미국 내에서 이슈가 되고 있는 고민은 Dysfunctional Man, 즉 '역기능적인 인간'입니다. 보통 한국에서 어려서 철들었다는 것을 칭찬의 표현으로 쓰는 경우가 많습니다. 하지만 어린이 다운 것에 충실하지 못했던 사람일수록 성장하면서 '역기능적인 태도'를 표출합니다.

인간으로 기능장애가 오는 겁니다. 한마디로 고장 난 사람입니다. 어린이는 어린이답게 크는 것이 가장 자연스러운 것입니다. 아이답지 않게 성숙한 아이들을 보며 '성숙하다'는 주변의 칭찬은 오히려 아이에게 '너의 현재 모습을 부정해라', 혹은 '아이답게 크지 마라'라고 체면을 걸어두는 것과 같습니다. 그렇게 성장한 사람들은 줄곧 자기가 주변의 남들과 다르며 그들보다 뛰어나다고 착각합니다. 현재의 모습을 내려놓으면 자신은 버려지게 될 거라는 강박증에 삽니다. 외로운 삶을 살게 되는 거죠. 인생이 무인도입니다.

최고의 인간관계란 갈등을 피하려 하지 말고 베·프와 이야기하듯이, 아이들처럼 놀듯이, 남편과 부인이 싸우듯이, 형제자매와 같이 어울리는 것.

1999년 9월, 일본생활의 시작 우리는 결혼을 하고 일본생활을 시작합니다.

시작입니다. 서로의 다름을 인정하지 못한 채 내가 맞다 니가 틀리다로 우겨대는 전쟁의 시작이기도 합니다. 짧게는 다름을 견디는 훈련의 시작입니다.

우리의 결혼은 서로의 다름과 차이를 받아들이느냐 마느냐의 훈련이 현재 진행형으로 그리고 피할 수 없는 리얼타임으로 내게 보이는 진실게임의 시작입니다.

사랑이 답입니다. 다름을 견디는 힘인 사랑이 없다면 결혼이란 매우 어려운 삶의 과정이 됩니다.

Infomation or Conversation 관계에 있어
서 머리를 쓰는 사람들의 수다는 대부분이 '정보'이고
마음을 쓰는 사람들의 수다는 대부분이 '느낌'입니다.
마음 쓰기를 좋아하는 사람들이 머리를 쓰는 사람과의
대화가 피곤하다고 말하는 이유이고, 머리 쓰기를 좋아
하는 사람들이 마음 쓰는 사람과의 대화가 피곤하다고
말하는 이유입니다.

JESSICA McCLINTOCK
OUTLET

나에게 성공이란
남들이 하지 않는 어떠한 '다른 것'을 만들어 내는 일.
그리고 그것을 공유하는 일.

요즘 세상, '이혼'이 터부(taboo)는 아닙니다.
그러나 부모의 이혼이 아이들에게
여전히 큰 상처라는 것은 변하지 않습니다.

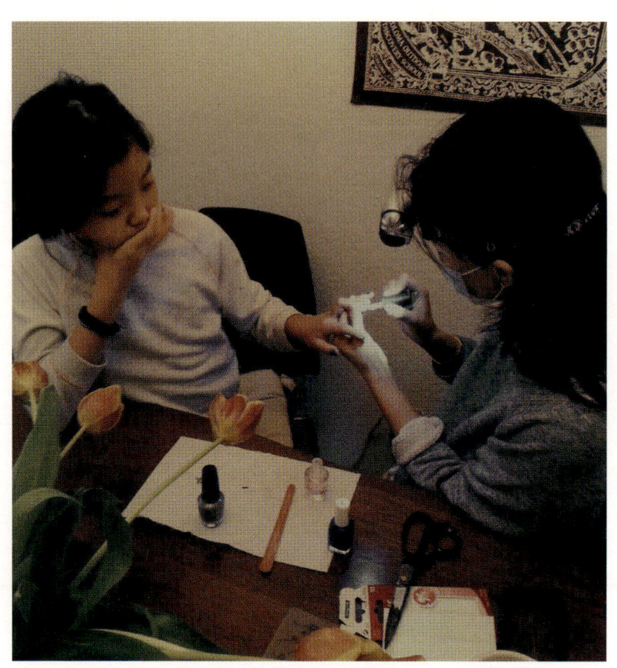

The miracle is this, the more you share, the more you have.

시호가 친구에게 혹은 교회에서 혹은 가족 내에서 자기의 것을 많이 나누어줄 때, 저는 기쁨의 표현으로 시호가 젤로 좋아하는 매니큐어 '지대로 칠하기'를 해줍니다.

가지고 있는 물건뿐만 아니라, 내가 공부해서 알아낸 결과라던가 수고해서 얻은 결과물조차도 내 주변과 나눠야 한다는 것을 시호가 당연히 여길 때까지 계속할 것입니다.

이것은 착하기 위함 또는 선하기 위함의 기준이 절대 아닙니다. 함께 사는 데 가장 중요하다고 생각하는 '공유'의 태도를 시호가 갖추길 원하기 때문에 그렇습니다.

별것 아니지만, 엄마와 딸이 하나의 옷을 나눠 입는다는 시호시의 가장 작은 공유(share)부터 시작하여 함께 한다는 것이 가장 기쁘게 사는 방법임을 슬슬 익히는 중입니다.

SHIHOSHI STORY **HARMOMY**

Coca-Cola
Coca-Cola
ROPERTY
BED TO
PUBLIC
ENTRY
PERMISSION
41.24 PC 602L
PA
PE
UNAUT
TOWE
C.V.C.

만약, 상대와의 관계가 비밀로 되어야 한다면
그 관계는 맺어지지 않는 것이 맞습니다.

어디에 살든지 남을 탓하는 사람이 있습니다 현실의 상황을 원망하고 이웃에 대하여 부정적인 태도를 보입니다. 사는 데 있어서 '밸런싱'의 태도가 보이지 않습니다. 나의 '열심'이 끝이 없고 나의 '충성'도 끝이 없는 상황, 우리는 이런 모습을 마냥 긍정적으로 의식해왔고, '성실'과 '근면'이라고 덧붙여서 칭찬하는 문화에 익숙했었습니다. 하지만 '나만 열심히 하면 되지, 뭐.'하는 혼자만의 지나친 열중은 그 의도가 무엇이든 간에 함께 하는 사람들에 대해 '배려'가 없는 태도입니다. '밸런싱'의 태도가 몸에 배어있지 않으므로 나오는 행위인 거죠. 나 혹은 나의 가정이 중심이 아닌, '누군가에게 인정받기 위한 성실과 열심'이란, 나 그리고 가족, 타인 누구도 행복하지 않습니다.

내 삶이 불행해지기 위해서는,
늘 누군가와 비교하고, 늘 누군가를
비판하는 생각과 태도를 가지면 됩니다.

SHIHOSHI STORY **HARMOMY**

부모의 역할 세상은 사람과 사람사이의 '관계'로 형성되어 있습니다. 관계의 특징은 '다름'이죠. 이 세상 누구든지 나와 같은 사람이 없기 때문입니다. 그런데 그 피할 수 없는 관계에 대하여 가르쳐 주는 곳이 없습니다.

가정에서도 학교에서도 사회에서도 가르쳐 주지 않습니다.

'관계'만큼이나 불안하고 깨지기 쉬운 게 없는 데 말입니다. 삶이 늘 불안한 이유이기도 합니다. 내 모습으로 만들어진 관계에서 내 모습이 예전만 못할 때 관계가 불안해 지기 시작합니다. 관계는 마음을 써야지만 오랫동안 유지가 됩니다. 마음을 쓰는 일을 '사랑'이라고 말합니다.

나의 아이가 누구보다도 강하게 성장하기를 원한다면 쉽게 깨지기 위한 '스펙'을 쌓아가는 일보다 남과 내가 '다름'을 의식하고 관계를 탓하지 않게끔 훈련하는 일이 필요합니다.

관계의 훈련은 '다름'을 인식하는 게 시작입니다. '다름'을 견디게끔 하는 도구가 '사랑'이기 때문에 그렇습니다.

'사랑'을 자식에게 만들어주고, 나누게 되는 태도를 성장시키는 일이 부모의 역할이라는 생각이 듭니다.

SHIHOSHI STORY **HARMOMY**

아이에게 우리와 다른 사람에 대하여
틀린 사람으로 표현하고 전달하는 것은
아이에게 나의 화(anger)를 전달하는 것과 같습니다.

SHIHOSHI STORY HARMOMY

내 성장의 거부 관계의 거부는 내 성장의 거부와도 같습니다.
사람과의 관계를 거부하는 사람은 '일'을 핑계로 관계의 성장을 피합니다.

남편은 아내에 대한 관심이 떠났을 때,
아내는 남편에 대한 존경이 떠났을 때,
결혼생활이 깨질 수 있는 가장 위태로운 순간입니다.

I feel happy when what I think,
what I say, and what I do are in harmony with others.

내가 생각하는 행복은 내가 생각한 것, 말한 것,
행동한 일이 남들과 조화를 이룰 때 비로소 느끼는 것입니다.
내가 작업한 디자인이나 스타일링에서도 마찬가지입니다.

비가 오는 날 비가 온다고 웃는 사람을 좋아합니다.
비가 내리는 날 내리는 비를 느끼고 사랑하는 사람과
내리는 비에 옷이 젖는다고 짜증 내는 사람이 있습니다.
인생도 마찬가지인 듯합니다.

SHIHOSHI STORY **HARMOMY**

비올라를 처음 만났습니다 저는 초등학교 3학년 겨울, 비올라를 처음 만났습니다. 이런저런 연주회를 엄마와 함께 보러 다니면서 오케스트라 왼쪽에 많이 있는 바이올린보다, 비올라를 켜는 사람들이 자꾸만 눈에 들어왔습니다. 궁금해서 엄마에게 비올라에 대하여 여쭈었습니다. 엄마는, "그러고 보니 왠지 정아는 비올라의 느낌이 더 어울리는 거 같아. 우리 딸은 하이톤의 소리도 아니고 신경질적인 모습도 아니고…. 그래서 왠지 너와 어울리는 것 같기도 하고." 나에게 비올라 소리는 따뜻하고 편안한 느낌이 있었습니다.

비올라 연주가들은 듀엣이나 협주를 할 때 능력을 발휘합니다. 주인공이 아니기에 자기만의 소리보다 전체의 소리가 어떻게 하면 좋게 울리는지를 늘 훈련하고 이해하고 있습니다. 현악기를 연주하다 보면 네 개의 줄이 마치 인간의 '센스(신경계)'와 흡사하다는 생각을 자주 합니다. 보통, 삶이 즐겁지 않다거나 기쁨이 없다는 대부분 사람은 남들과 함께하였을 때 매우 어려워하는 즉, 하모니를 만들어내지 못하는 공통점이 있습니다. 내 생각과 나의 성향만을 고집하면 좋은 소리가 날 리 없습니다. 자신의 '열심'에 대한 결과가 좋지 않은 것에 실망하여 자꾸만 홀로 있으려 합니다. 이것이 자신의 실력 문제라고 판단하며 다시 자신을 괴롭히고 학대하기 시작합니다. 턱에 멍이 들고 손가락에서 피가 날 때까지 다시 연습에 몰두합니다. 정작 그들에게 필요로 하는 '함께하는 훈련'은 느끼지도 깨닫지도 못한 채 말입니다. 피나는 노력으로 자기 분야에서 완벽해진 그들에게 허락되는 무대는 독무대뿐 입니다. 박수를 받아도 어쩐지 허전하고 다음을 생각하면 불안합니다. 하모니를 통해서만 얻을 수 있는 협음의 감동과 기쁨을 느끼지 못합니다.

"딸을 세 단어로 표현하면?"
sweet, focused, cuddly 이건 저의 대답이고
pickachu, monkey, squirrel 이건 제 남편의 대답입니다.

물구나무서기 한 바퀴를 온전히 돌기까지 수백 번을 넘어지고 실수하는 아이들을 봅니다. 문득 실수란 행동하는 자의 권리이며 실수를 두려워하는 것은 모든 성장의 걸림돌이 될 수 있음을 깨닫습니다. 아이들은 새로운 것에 대해 두려움이 아닌, 즐거움과 긍정으로 받아들이므로, 자신의 것으로 만드는데 힘들어 보이지 않습니다. 그리고 그것을 극복하므로 환한 기운이 넘쳐납니다.

나는 시호에게 자신의 의견이나 생각을 어디에도 기준을 두지 말고 상대에게 분명하지만 일방적이지 않게 소통하는 방법에 대해 꾸준히 훈련을 해왔습니다.

딸아이의 의견 혹은 생각을 표현함에 있어 상대에게 대신 전달해주거나, 나서서 표현해주지 않는 참으로 쉽지 않은 엄마임을 고백합니다.

2 digit의 나이가 된 후, 중학교 입학을 코앞에 앞둔 시점에서 젤 가까이에 있는 상대인 엄마에게 자기 생각과 의견을 전달하고 설득 시키는 트레이닝 단계에 들어서면서 요즘 쪼매 애쓰고 있는 시호.

시호는 먼 출장을 나와 함께 다닐 수 있을 정도로 많
이 성장하였습니다. 시호는 나와 자신의 모든 짐이
하나에 들어있는 큰 캐리어를 어디든지 끌고 다니는
캐리어 매니저가 되었습니다.

'if you can't fly high, fly free'
높게 나는 것 보다, 자유롭게 날 수 있기를.

사과한다는 건, 단지 당신의 잘못만을 이야기하는 건 아닙니다.
사과하는 사람은 상대와의 관계를 위해서 자신의 고집을 내려
놓는 사람들만이 할 수 있습니다.

Khaki

카키

카키는 올드레이디의 느낌으로, 때로는 젊은 청년들의 신선
한 느낌으로도 나타납니다. 카키 브라운, 카키 베이지, 카키
그린. 본래의 색을 받쳐주며 두루 어울리는 카키의 느낌은
관계에서나 삶에서의 지혜를 찾는 차분함으로 느껴집니다.

데님은 저에게 젊고 신선한 느낌이고,
카키는 따뜻한 올드 레이디의 느낌입니다.
두 색상이 함께 있을 때 어우러지는 느낌이 좋습니다.

SHIHOSHI STORY **HARMOMY**

살다 보면 문제에 부딪힙니다.
저에게 그것은 '이제 그만해라'라는 사인이라기보다
'가이드라인'으로의 역할을 할 때가 더 많았습니다.

잘 산다는 것은 더 많은 일을 억지로 해내는 게 아니라,
중요하지 않은 일을 과감히 버려야 한다는 것을 깨닫습니다.

비올라도 기타도 스트링을 연주하다 보면 알 수 있게 되는 것이 있습니다. 악기를 연주할 때, 내 손가락에 힘을 많이 주면 울리는 선율이 부드럽지 못할뿐더러 원하는 소리를 낼 수 없게 됩니다. 연주도 오래 하지 못합니다. 힘드니까요. 몸에 무리가 옵니다. 반면에 손가락에 힘을 빼면 매우 오랫동안 지치지 않고 좋은 소리를 낼 수 있습니다. 현악기뿐만이 아닌, 모든 악기가 그런 메커니즘의 원리일 것입니다.

무엇이든 힘을 주는 순간 소리가 제대로 나지 않습니다. 우리 역시도 그렇습니다. 내 의지와 내 열정을 믿고 무리하면 무언가 탈이 납니다.

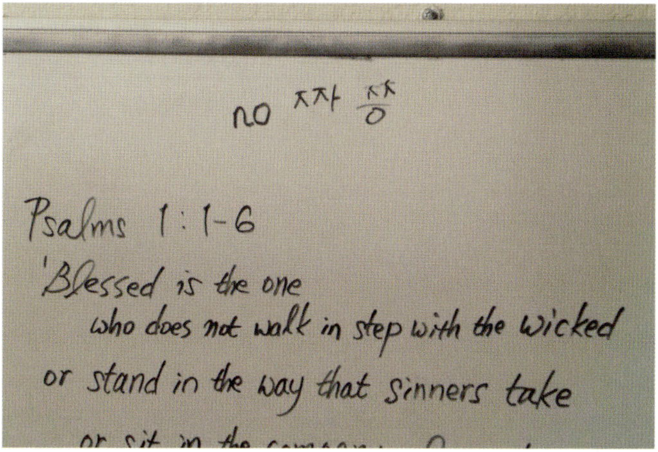

지난달, 남편이 시호에게 적어 준 단어는 'no whining'이었습니다. '짜증 내지 말아라'입니다. 저 또한 인생에서 나의 짜증은 내 삶을 짜증 나게 하는 습관임을 제 모습을 통해서 깨달았습니다.

한국에 있는 가족들과 카톡을 하며 한글에 재미 들린 시호는 아빠가 적어놓은 no whining을 나름 해석하여 적어놓았습니다. 'no 짜증'

우리 세대는 부모로부터, 학교로부터, 사회로부터 열심히 일하면 뭐든지 이룰 수 있다고 들어왔고, 그것이 올바른 삶의 방식이라고 배워왔습니다. 그러므로 바쁘게 사는 게 미덕이었습니다. 게으르면 먹고 살 수 없다는 건 맞습니다. 하지만 여기에는 한계점이 있습니다. 어느 정도를 넘어서면 더 많은 일을 해도 더 많은 것을 얻기는 불가능 합니다. 피곤하고 병들고 불행해질 뿐입니다. 무슨 일이 있어도 아침이나 저녁은 반드시 가족이 함께하고, 가족 모두가 함께 즐길 수 있는 것이 필요합니다. 저에게 중요한 것은 사업이 아니라 '가족'과 '믿음'입니다. 저는 이 두 가지를 지키기 위해서 오늘도 덜 바쁘게 사는 방향을 지키려 합니다.

상식이나 합리성을 지나치게 따지지 마세요. 상식과 합리만을 따지는
곳에서는 걱정과 불안, 부정이 함께합니다. 상식과 합리성이 부인되어
서는 안되지만, 그것이 '지혜'보다 위에 있을 이유는 없습니다. 상식
과 합리의 기준은 시대와 상황에 따라 늘 바뀌기 마련입니다. 우리 윗
세대와 갈등의 이유입니다.

지혜란 세대를 뛰어넘고, 장소를 뛰어넘고, 환경을 뛰어넘을 수 있는,
누구든지 얻을 수 있는 유일한 '도구'입니다.

임산부 전용 파킹 내가 시호를 임신했을 때, 그토록 부르짖던 서비스다.
차 문을 여닫을 때, 내 배가 너무 불러 웬만한 자동차 사이 공간으로는
택도 없었다. 구글에는 이런 세심한 배려가 되어 있습니다.

SHIHOSHI STORY **HARMOMY**

‘너만 잘되면 된다’ 이런 이야기를 듣고 큰 아이는 이 세상에 대해 ‘화(anger)’
를 품고 살 수밖에 없습니다. 무엇을 하던지 ‘기쁨’을 느낄 수 없습니다. 기쁨이
무엇인지를 모르고 삽니다. 그러므로 찾는 것이 ‘자극’입니다.

내가 가진 것에 대한 나눔과 공유를 실천하지 못하면 아무리 열심히 살고 노력
으로 살아도 기쁨은 내게 오지 않습니다.

RADER JOE'S

어떤 이가 말합니다. 아이는 낳기만 하면 저절로 큰다고,
요즘엔 바깥에서 아이가 크는 데 필요한 것을 모두 공급받을 수 있다고.
결국엔 돈만 있으면 된다고. 부유함의 반대말이 무엇입니까?
가난함이 아닙니다. 천박함입니다. 사람도 마찬가지입니다.

약속 가정에서 '약속'에 대한 훈련을 받지 못한 아이들은 사회성이 현저하게 떨어집니다. 약속이란, 의리를 만들어가는 과정입니다. 약속을 통한 절제는 나의 삶에 있어서 '가이드라인' 역할을 합니다. 약속이나 규정에 대하여 무지하거나 지키는 것이 몸에 배지 않은 사람은 상대에게 무기력함과 실망을 선사합니다. 그러면서 자신에게 실망합니다. 우울증의 시작은 실망에서부터입니다.

시호가 묻습니다. "사람들은 왜 믿지를 못할까?" 세상 사람들이 왜 믿음 없이
사는 쪽을 택했을까요? 내 멋대로, 내 맘대로 살려는 길을 택했기 때문인 거죠.

인간이라면 누구에게나 나약함이 있습니다. 나약함의 모습은 사람마다
다 다르고 세상의 표현으로 보통 '단점'이라고 합니다. '괜찮다'라는 상대의 한마디
가 나의 단점을 감싸줍니다. '괜찮다'라고 말하는 사람은 사랑이 많은 사람입니다.
사랑은 사람을 살립니다.

선한 사람은 없습니다. 인간은 누구나 양면을 지니고 있기 때문이죠. 자신을 선하
다고 여기는 사람들이 가장 교만한 사람입니다. 자기애가 강한 거죠. 선하게 살기
위해서 선을 붙잡고 살려는 사람들이란 표현이 좀 더 솔직한 표현이 아닐까요.

마음이 따뜻한 사람 옆에 있고 싶어하는 이유는 내가 쉴 수 있기
때문입니다. 우리는 늘 마음이 따뜻한 사람 곁에 있고 싶어 하지
않나요. 이제, **마음이 따뜻한 사람이 되어보세요.**

BI
3 2

가족의 주체인 '엄마'의 역할에서 '희생'이라는 단어를 잘못 이해하면
가족 내에서 '하녀'로 전락할 수 있습니다.

내가 좋아하는 것을 표현하지 않고 나의 의지나 생각을 표현하지 못
할 때, 미안하지만 엄마는 집안에서 존중받아야 할 '어머니'가 아닌
'하녀'의 모습이 됩니다. 아이들에게 불쌍한 엄마 그리고 무시해도 되
는 엄마, 혹은 그런 아내의 모습이 되는 건 가족의 탓만이 아닙니다.

내 가족은 웃음을 함께 나누고, 슬플 땐 눈물을 닦아주는
그런 가족이 되기를 소망합니다.

쿨한 사람 보통 어떤 상대에 대하여 문제 삼지 않거나, 그로 인해 곤란한 상황을 그냥 무시하거나 지나쳤을 때, 주변에서는 그렇게 상대를 대하는 태도에 대하여 '쿨하다'고 표현합니다. 진심으로 '쿨'한 사람은 골치 아픈 일을 인정하려 하지 않거나 늘 별거 아니라고 피하는 사람이 아닙니다. **용서할 줄 아는 사람입니다.** 용서하므로 문제 삼지 않는 사람이 가장 쿨한 사람입니다.

기도 언젠가부터 매일 아침 기도로 나의 나약함을
내려놓습니다. 우리집 현관을 나갈 때 '화'를 내 맘에
두지 않게, 다시 들어올 때 가져오지 않게. 기도의 힘은
생각했던 것보다 큽니다.

고백 어떤 상대든지 갈등과 불편함은 생겨날 수 있습니다.
애초에 다르게 생겼기 때문이죠. 그때마다 '상대를 이해해
라'라는 조언은 갈등 관계를 해결하는 데 있어서 전혀 도움
이 되지 못합니다. 매우 이상적이고 그럴싸한 표현이지만 인
간은 내가 아닌 다른 모습의 상대를 온전히 '이해' 할 수 있는
그런 피조물이 아니거든요. 갈등의 회복은 내 나약함을 서로
에게 고백할 때 비로소 시작됩니다. 내 나약함의 고백에서 파
생되는 파워와 능력은 무한대입니다.

SHIHOSHI STORY **HARMOMY**

표현하기보다는 참는다는 것을 희생으로 여기고 살았던
시대가 있었습니다. 자신을 표현하기보다는 참고 견디라
합니다. 그런데 내 생각과 의지를 상대에게 설명할 줄 알
아야 하고, 내가 원하는 것을 상대에게 '전달'하는 기술이
바로 '표현'입니다. 나를 표현하는 일은 그 어느 언어보다
도 먼저 배워야 하는 기술입니다.

'권위주의'는 내가 인위적으로 만든 것이고, 내가 만들지 않아
도 주변과의 선한 관계로 만들어 지는 것이 '권위'입니다.

대리만족은 조금 위험한 말입니다. 그것은 나의 의지와 노력
으로만 얻을 수 있게 되는 기쁨을 얻지 못하게 하므로 나를
나약하게 만듭니다.

Do not let anyone unwholesome talk come out of your mouth, but only what is helpful for building others up according to their needs, that it may benefit those who listen. – Ephesians 4:29

말을 하려거든 남의 험담을 하지 말고, 다른 사람을 칭찬하는 유익한 말을 해보는 것. 당신의 유익한 말을 통하여 사람들이 도움을 받을 것입니다. – 에베소서 4: 29

레드 크로스(적십자) 후원금 캠페인

바르샤바에서 배워온 이후, 샌프란에 돌아와
몇 번 시도해 보았지만, 알아차리는 식당을 볼
수 없었는데, 뉴욕에서는 한가로운 식당에서
도 새롭게 작성한 영수증을 가져다주었다.

착함과 아픔 엄마 말을 잘 듣는 아이를 흔히 '착한 아이'라고 표현하는데 그 아이들은 성장해서 늘 남의 의견이나 생각을 전달받기를 기다리고 남을 의지하는 성향으로 자랄 확률이 높습니다. 내 의견을 내지 못하고 스스로 해야 할 일을 찾지 못한 채, 누군가가 늘 알려주는 대로 성장할 가능성이 큽니다.

남편도 내 말을 잘 듣고, 아이도 내 말을 잘 들어. 모두가 착한 사람들이라며 내 가족을 자랑합니다. 내가 원하는 대로 움직여주는 사람을 '착하다'고 표현합니다. 혹시 의지가 없는 남편과 아이, '아픈 가정'의 모습일 수 있습니다.

인내 그리고 나약함 나에게 인내란, 상대가 온전히 설 수 있을 때까지 혹은 내가 온전히 설 수 있을 때까지 포기하지 않고 과정을 함께하고 기다리는 일. 나에게 나약함이란, 상대에 대한 두려움이 앞서 나를 드러내지 못한 채 상황을 피하는 태도.

나의 나약함은 그 어느 상황에서도 정당한 이유가 될 수 없습니다. 단지 변명으로만 쓰일 뿐입니다. 나의 나약함은 나의 꿈을 깨뜨리는 무서운 무기가 됩니다.

2013년 5월, 아빠와 눈에 시호의 눈
2014년 5월,아빠의 눈에 시호 턱

…

틈날 때마다 아빠와 키재기를 합니다. 남편은 시호의 키를 벽에 써놓는
숫자 대신에 아빠와의 눈높이로 기록합니다.

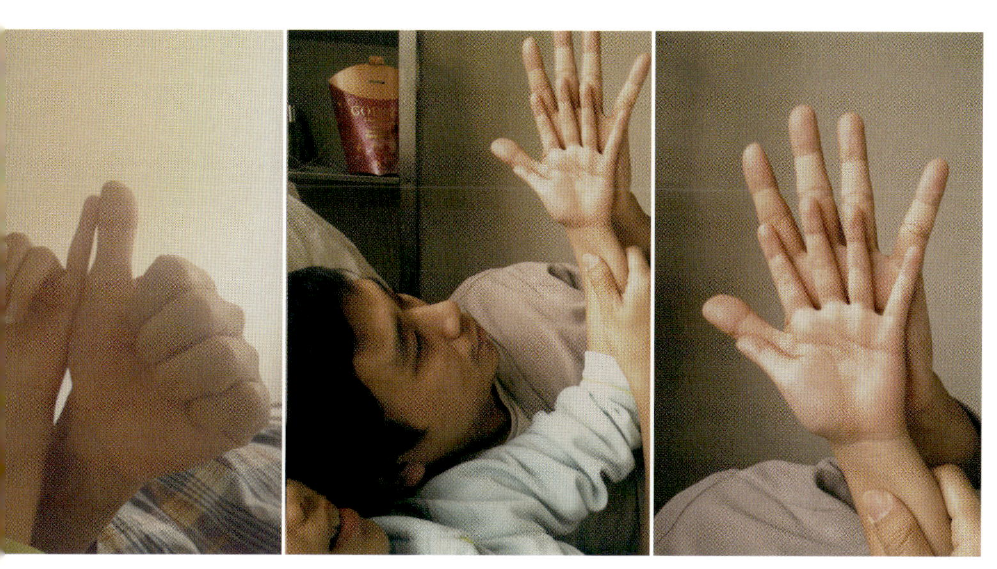

아빠와의 눈높이 키 이외에 가끔 하는 손가락 키재기.
작년 시호 생일엔 손가락 키재기로 기록되어 있음.

2014.5월

2014년 늦가을 시호 키 148cm 만나는 사람마다 시호 많이 컸다고 말하니 정
말 그런 줄 알았습니다. 시호가 아빠에게 전화해 아빠 앉았을 때 무릎에서 머리까
지 몇 인치냐고(구체적인 숫자로는 잘 모름 ㅋ) 통화한 후, 자신의 키를 비교해 보
더니 어째서 예전하고 별 차이가 없냐며 실망감을 못 감춤.

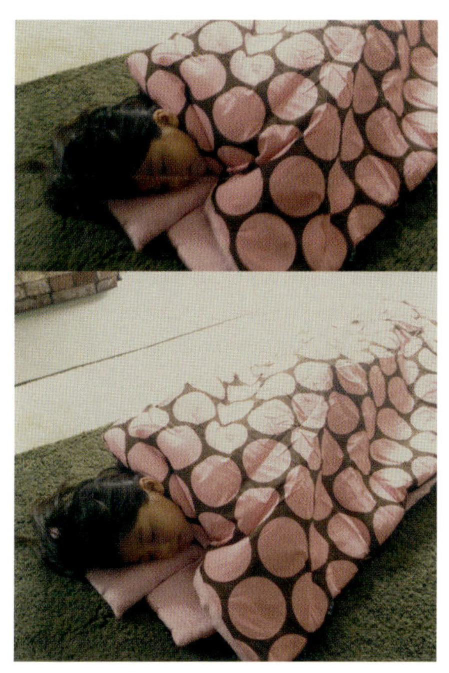

훌쩍 키가 큰 시호에게 뉴 슬리핑백이 도착했습니다. 함께 아마존을 뒤적거리며 스스로 고르고 학수고대 기다리던 슬리핑 백. 조만간 학교 수학여행에 필요한 준비물입니다.

슬리핑백에 익숙해 져야 한다며 낼름 들어가더니 잠 들어 버렸습니다. 눕자마자 잠드는 건 나를 닮았구나.

EMPLOYEE
PARKING
ONLY
EMPLOYEE
PARKING
ONLY
BMW
FREMONT
510-713-2111
www.TheBayAuto.com
mazda3
6UW

Goog

오르막길은 어렵습니다. 내리막길은 수월합니다.
내 안의 나약함이 우리에게 속삭이는 것은 '포기'입니다.

Herringbone
헤링본

블랙과 화이트, 혹은 브라운과 블랙, 네이비와 화이트 등. 멀리서 보면 하나의 색상으로 보이지만 가까이서 볼 때 두 가지 이상의 분명한 색상이 명확히 갈리듯, 자신을 좀 더 들여다볼 때 나를 명확히 파악할 수 있습니다.

297
ND+B

acc
Translat

지금까지 나의 결혼생활은, Proud(자존심)와 Self Esteem(자존감)의 싸움이었던 걸 알게 되었습니다. 자존감은 내 '그대로의 자신'이며 자존심은 내가 쌓아온 '위선'입니다. 자존심은 나를, 내 옆 사람을 아프게 하지만, 자존감은 나와 내 옆 사람을 함께 세웁니다.

우리가 자존감이 낮은 사람을 꺼리는 이유이고, 자존심이 낮은 사람과 함께 있고 싶은 이유입니다.

나 스스로가 가장 불행했을 때는 나의 눈이 다른 사람의
잘못을 매우 잘 보고, 나의 잘못은 전혀 보지 못하였을
때입니다.

내가 어디로 가는지 보지 않으니 넘어져서 다치고, 다치
니까 아팠습니다. 나를 아프게 했던 건 남의 탓이 아닌,
나의 무지였다는 것을 고백해 봅니다.

기차를 탈 때가 좋습니다. 적어도
이 순간만큼은 내가 어디로 가는지 알 수가 있습니다.

실패와 좌절에서 오는 눈물이 나의 눈을 씻어줄 때
가 있습니다. 그러면 그동안 보지 못했던 것들을
보게 됩니다. 우리는 그제야 어디로 가야 하는지
방향이 보입니다.

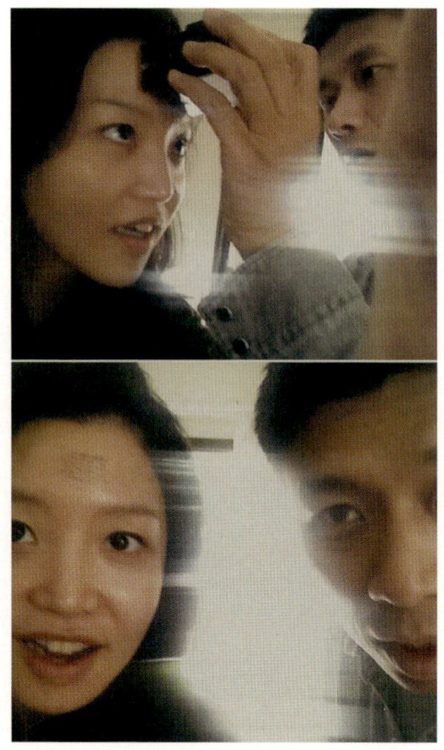

결혼기념일 도장 저는 결혼생활이 내가 나를 보는 x-ray 라고 표현합니다. 알지 못했던 나의 모습과, 깨닫지 못했던 나의 모습, 어딘가 잘못되어 있는 부분까지도 적나라하게 보입니다.

내 삶이 아프거나 내 가정이 아프다면, 어느 병이나 그렇듯이 먼저 진단을 해봐야 합니다.

저에게 있어서 결혼은 진정한 현실의 '리그'입니다. 고통과 갈등과 기쁘지 않은 하루하루가 나와 다른 모습의 남편 때문인 줄 알았는데, 결국, 내 안의 나약함을 인정하기 싫을 때, 솔직한 말로 나를 바꾸기 싫을 때, 옆 사람 또는 환경을 탓한 것이 기쁘게 삶을 살지 못하는 이유였다는 걸 깨닫게 됩니다.

참 몰랐고, 아둔했고, 게을렀고, 교만했습니다. 지금도 그렇습니다. 내 안에 깊이 박힌 나의 '나약함'을 두고 오늘도 고백하고 오늘도 기도합니다.

체인지 인생의 기회는 우연한 'CHANCE' 에서
오는 것이라기보다는 나의 'CHANGE' 로 인해서 옵니다.

모든 사람을 웃기려는 사람들을 보면
대부분 매우 쓸쓸하고 외로운 사람들이었습니다.

남의 눈치를 보지 않으면 다른 사람들과 똑같이 입지 않고, 똑같이 만들지
않고, 똑같이 생각하지 않을 수 있습니다. 다른 사람의 시선에 연연하지
않는 삶을 살아간다는 것이 제가 생각하는 '능력'입니다.

'바쁘게 스펙 쌓는 사람'과는 굳이 함께하지 않아도 됩니다. 바쁘다는 이유로 상대와의 '관계'를 조금 깊게 가져가려 한다거나 성장시키길 꺼립니다. 아무리 스펙을 쌓더라도 그들의 인생은 마냥 불안 불안합니다. 그런 사람과 함께 있으면 나 역시도 불안하고 뭔가가 불편합니다.

내가 나의 뜻을 정하지 않으면 누군가의 뜻에 끌려갑니다. 세상이 주는 생각, 기준, 의도, 비교에 끌려다닙니다. 우리의 아픔과 갈등, 싸움의 이유는 내 뜻이 아니라 남의 뜻을 기준으로 삼고 살아가기 때문입니다. 지혜를 통하여 나의 뜻을 정하면 나를 '묶어두었던' 생각들을 잘라버릴 수 있습니다.

부모와 자녀의 관계를 깨는 방법 아이에게 한 말과 행동을 달리하는 것, 아이의 잘못은 모두 표현하고 칭찬을 하지 않는 것, 일관성 없이 행동하거나 공평하지 못한 것, 집 안에서 편애하는 것, 약속을 지키지 않는 것, 아이에게 있어 중요한 것을 가볍게 취급하는 것, 부부끼리 사랑하지 않는 것을 자녀가 보는 것.

지금의 자랑이 훗날 근심이 될 수 있고, 지금의 근심과 슬픔이 나중에는 기쁨으로 변할 수 있음을. 지금 내 눈에 보이는 행운이 나중에 반드시 좋은 결과로 찾아오는 것만은 아니라는 것을.

Those who are last will be first, and those are first will be last. —Matthew 20:16

답답하다고, 한숨이 나온다고 합니다. 나의 모든
것이 막혀있기 때문이죠. 나의 기준과 욕심이, 나
의 기대와 그에 따른 실망과 미움이, 질투로 인해
내 안에 꽉 막혀있는 겁니다.

자존감이 높은 사람은 자신의 나약함을 숨기지
않습니다. 오히려 그 나약함을 꺼내놓고 유머러
스하게 표현하기도 합니다. 그런 사람들에게는
그를 괴롭히던 것들이 모두 떠나게 됩니다.

화가 많이 난 자녀를 위로 하는 방법은 부모가 서로 사랑하는
모습을 전달하여 주는 일이 아닐까.

말만 그럴싸하면서 언행일치가 되지 않는 삶을 사는 것보다
혼자서는 부족하므로 상대를 필요로 한다는 사실을 행동으
로 전달하는 것이 가정을 만들어야 하는 이유이자, 관계의
교육이라고 생각합니다.

함께 있으면 불안한 사람의 특징은 생각이 많은 사람입니다. 생각의 끝은 부정입니다. 지나치게 생각이 많은 사람은 결국 미래의 불안을 앞당기고 맙니다. 현실인 오늘에 만족하지 못하고, 현실인 오늘에 감사하지 못하므로 집안에 즐거움이 없습니다. **생각이 많은 것과 생각이 깊은 것은 다릅니다.** 생각이 많은 사람 옆에 있을 땐 불안하지만, 생각이 깊은 사람과 함께 있을 땐 안정됩니다.

뉴욕의 썰렁한 호텔 방에 있는 동안 남편이 보내준 메일 한 통 덕분에 방 안이 따뜻해졌습니다. 메일의 내용은 나 없는 사이 시호가 아빠에게 고백한 자신의 워너비 리스트.

1번 슈퍼모델

2번 무술코치

3번 여배우

4번 빵 굽는 사람

5번 한의사

6번 없음

다음 날 아침, 시호에게 전화 통화로 6번에 관해 물어보니 돌아온 시호의 대답은 "엄마, 내가 꼭 뭐가 되어야 할 필요는 없는 거지?" 아 좋다. 내 딸의 저런 여유. 변치 말아줘. 사회가 만들어놓은 어떠한 모습을 갖추어야만 네가 인정되는 것은 절대로 아니니까.

부모로부터 세상의 기준만을 강요받은 아이들은 아무리
스펙을 쌓아도 성장하면서 쉽게 흔들리고 무너지는 모습
을 보입니다. 부모에게서 자신의 솔직한 모습에 대해 인
정과 지지를 받은 아이는 인생의 심한 폭풍 속에서도 견
고하게 다시 일어서는 모습을 볼 수 있습니다.

CA 49819
Razor

8318
CA 49
muni
Razor

스쿠터와 쿵후 아빠와 시호가 함께 결정하여 현재 활동 중인 시호의 취미활동.
나에게 시호의 취미생활로 쿵후를 권하면서 내게 전달해준 남편의 의견은 이러합니다.

정아, 시호는 내 성향을 그대로 닮은 채 태어난 아이다. 내가 나를 보는 것 같을 정도로, 나의 나약함까지도 그대로 닮은 아이야. 시호는 좌뇌가 발달한 성향의 아이여서 앉아서 조용히 손가락을 움직이는 책 읽기, 그림 그리기 등을 좋아해. 그러므로 글을 잘 쓰고, 그림 솜씨가 뛰어나지. 늘 똑같은 패턴에 의한 규칙적인 것을 좋아하므로, 아카데믹 위주 그것도 수학 위주의 교육을 가르치는 현 학교 내에서의 학습능력과 성적은 좋지만, 시호 본인이 생각한 규칙에서 벗어나면 스스로 스트레스를 받아 짜증을 내기도 한다. 이것이 시호가 자신의 나약함을 점점 드러내는 신호임을 나는 감지할 수 있어. 우리는 흔히 아이의 한가지 면, 좌뇌나 우뇌 둘 중 하나만 우세하게 발달한 경우를 보며 뛰어난 능력이 있다고 치켜 세우고 선뜻 기대의 짐을 아이 어깨에 올리기 일쑤인데 그것이 얼마만큼이나 큰 무지에서 온 교만임을 고백하게 되네. 그건 내가 어렸을 때부터 올려졌던 내 어깨에 짐과도 같은 거지. 내 성향을 따라 익숙하고 쉬운 것만 했는데 주변에서 칭찬하고 기대하니까 난 그것을 더 파고들었던 거지. 그것만을 파고들었던 거야. 삶의 밸런스를 맞추려는 노력과 의식을 아무도 내게 알려주거나 가르쳐 주지 않았지.
 :
(중략)
 :
나는 시호가 어른이 되었을 때를 가끔 상상하는데 나눔과 공유 없는 나처럼 커버린 모습을 상상하면 나이트메어가 따로 없어. 시호는 엄마인 정아 너와 함께 있을 때 가장 조화롭고 편하고 딸로서 아름다워 보인다. 나는 그걸 사진으로 최대한 남겨두고 싶고. 신체균형을 잡아야 하는 스쿠터 자전거, 마셜아트 등은 좌뇌운동이 활발한 사람들에게 소뇌 기능 향상에 도움이 된대. 좌우 뇌를 동시에 사용할 수 있도록 서포트하는 역할을 하기 때문이야.

나의 답변
스쿠터는 재밌으니까 타면 좋겠고, 쿵후는 배워놓으면 나중에 치어리더도 할 수 있겠고, 춤 출때도 도움되니까 좋겠고, "콜~"

몇 주에 걸쳐 남편과 나는 시호의 라이딩 훈련을 함께했습니다. 저 무거운 걸 트렁크에 집어넣고 바이크 전용 도로는 죄다 찾아 돌아다니고.

자존감을 세우는 첫 단계는 인정 (admitted) 입니다. 나의 생김
새, 출신, 성향, 가족, 직업, 경험 또는 무경험. 나의 환경을 인정
하는 일. 반대로 자존감을 무너뜨리려면 '기준'을 만들면 됩니다.
세상 사람들이 만든 '남의 기준' 말입니다. 내 현실에 놓인 모든
문제는 현재의 나를 '인정'하는 태도에서부터 해결이 시작됩니다.

Depression '눌려있음'을 말합니다. 한국에서는 '우울증'이라고 표현합니다. '우울'이란 단어의 선택은 적절치 않은 표현입니다. 왜냐하면, 우울이란 주관적인 느낌의 표현이지만 '눌려있음'은 상태의 표현이거든요. 눌려있다는 건 말 그대로 눌려있는 거죠. 자유롭지 못함을 이야기합니다. 시스템에 눌려있고, 비교에 눌려있고, 선택에 눌려있고, 기준에 눌려있고, 사회 통념 등에 눌려 있습니다.

그런데 그 '눌려있음'은 스스로가 가져온 것입니다. 자존감 부족현상입니다. 스스로 기준이 없으므로 바깥의 기준을 따라 선과 악을 파헤치는 데 힘을 다 씁니다. 스스로에게는 더 하겠죠. 이렇게 되어야 하고 저렇게 되어야 하고, 이것도 해야 하고 저것도 해야 하고, 사람을 상대로 이렇게 되어야 하는 것들이 너무 많습니다. 하지만 현실의 자신은 그 모든 걸 해낼 수 없으니 절망합니다. 절망이 연속되면 자신을 무능력하다며 혐오하고 이 고통을 끊어버리지 못할 것이라는 판단 아래 삶을 포기하기도 합니다.

현재 무엇에 눌려 있는지를 한번 찾아보세요. 스스로 찾을 수 없을 때는 기도로 대신해 보세요. 내 안에 숨어있던 나를 누르고 있는 무겁고도 어두운 실상을 보게 될 수 있습니다. 나를 누르고 있었던 것을 제대로 알 수 있게 될 것입니다. 우리가 싸우고 승리해야 할 상대는 외부의 것이 아닙니다. 나와 다른 사람이 아닙니다. 나의 자유를 눌러왔던 내 안의 그 무언가입니다.

Menlo Park

자녀들은 부모의 말로 성장하지 않습니다.
자녀들은 부모의 뒷모습을 보며 성장합니다.

내가 바뀌면 남도 바뀝니다 뜻을 행동으로 옮길 때, 비로소 내가 바뀝니다.
이론이나 말이 아닌, 행동은 모든 사람과 관계의 '통로'입니다.

제가 가장 불행했을 때는 나의 의지와 뜻보다
다른 사람들의 생각을 더 의식했을 때입니다.

EXPECTANT
MOTHER
PARKING
Google
313 Fairchild Drive

에 · 필 · 로 · 그

남편이 어느 날 이야기 합니다. "과거를 인정하지 않고 남의 탓으로 돌리고 비판하면 현실에서의 삶 또한 과거의 되새김질과 달라질 게 없어. 그런 태도는, 나와 내 가족을 제대로 보려 하지 않으므로 나를 인정하지 않고, 부정적인 이유를 늘 외부에서만 찾으므로 자신에 대해서 유독 관대한 사람들의 특성인거지. 결과적으로 '나.약.한.사.람'인 거야. 난 여태껏 말 잘 듣는 '착한사람'으로 그걸 착각하고 살았어. 결국 가장인 내가 나약하니까 우리 식구들이 말라가고 있었어. 당신도 시호도." 뭐든지 상식이라는 이유로 그것을 욕하고, 논리적으로 부정하며 살아나간다는 것은, 결국, 실천이나 행동 없는 사람들의 특권이라는, 본인에 대해 무서우리만큼 이성적인 판단을 스스로에게 하면서 가족 안에서의 필요한 것들에 대해 의견만이 아닌 행동으로 옮기려는 태도로 바뀌기 시작합니다.

싸운다는 게 반대의 의견만 가지고 극단적인 표현을 행하고 승리해야지만 그것을 얻는다고 생각하는—아직도 마냥 어린아이 같은—어른들이 많습니다. 그러한 싸움은 끝이라는 게 없습니다. 나에게 싸움이란, 현실에 대한 '인정'을 하고 나를 괴롭히기로 작정한 세상을 향해서 오히려 나만의 것을 성장시키고 키우므로 세상이 뭐라 하든 연연하지 않고 내 것을 즐기면서 사는 것. 이라고 저는 정의했거든요.

먼저 내 어깨에 있는 짐을 내려놓거나 가볍게 해야 합니다. 내가 가벼워야 움직일 수 있거든요. 생각이 많으면 행동하지 않는 이유이기도 합니다. 생활을 간소하게 바꿉니다.

쌓아놓지 않고 있는 걸 소중하게 다루고, 대신에 나의 뜻과 그에 따른 표현에 대해서는 매우 사치(?)스럽게 느낄 정도로 충실합니다. 내 안에서 슬슬 자유로워지는 '내면'과 다 말라버린 줄 알았던 '열정'이 서서히 고개를 들기 시작한다는 걸 느낍니다.

다른 사람이 아닌, 나를 위해 표현합니다. 스타일링도, 디자인도, 아이의 교육도, 남편에 대한 아내의 모습까지도, 오직 '나'의 성향과 내 느낌으로 충만할 수 있는 표현을 하기 시작합니다. 누구에게도 상처를 주지 않는 선에서입니다. '남처럼 혹은 그 사람도 그러니까' 사는 모습을 그저 남만 따라 하며 살다 보면 나는 결국 이도 저도 아무것도 아니게 됩니다. 자기 자신이 아무것도 아니라는 그 현실을 느끼며 살게 됩니다. 허전함이죠. 다른 사람이 무엇을 하는지 가졌는지 신경 쓰는 일보다는 현재의 나와 내 주변을 인정하면 내가 무엇을 하고 있는지, 무엇을 가졌는지가 보입니다. 저도 당신도 이 세상에 사는 그 누구든 에외 없이 특별힌 것. 나만이 할 수 있는 것이 있습니다. 그것이 결국엔 세상과 대결할 수 있는 창과 검이 된다고 나는 생각하고 그렇게 살아갑니다.

내가 자유로워지면 내 안에 있던 허전함에 서서히 기쁨이 생겨나기 시작합니다. 내가 기뻐하면 괴롭고 허전하고 건조하고 어두웠던 세상은 나를 떠나가게 됩니다. 저에게 있어서는 이것이 만만찮고 어지럽고 장난이 아닌 세상을 상대로 하루하루를 견딜 수 있는 행복입니다.

딸 · 에 · 게 · 보 · 내 · 는 · 편 · 지

시호야 '약속'은 인간이 맺는 모든 '관계'에 있어서 꼭 필요하다고 생각해. 엄마로서 한 가지 약속 할게.

인생을 살면서 너와 나 사이에 싸움과 갈등 없이 완전한 엄마와 딸의 관계를 진행 시킬 수 있다는 판타지 따위 나는 보장 못 해.

하지만 내 딸인 네가 어려움에 닥치거나 다음 산을 넘어야 할 때, 그걸 피하지 않고 포기하지 않고 끝까지 시도하려 하면 엄마는 늘 네 편에서 서 있을 거야.

그리고 네가 넘을 수 있을 때까지 기다릴 거야.

약속.

시호시스토리 HARMONY
SHIHOSHI STORY HARMONY

펴낸날	초판 1쇄 인쇄 2015년 05월 06일
	초판 1쇄 발행 2015년 05월 11일
지은이	권정아
펴낸이	최병윤
마케팅	이진영
펴낸곳	알비
출판등록	2013년 7월 24일 제315-2013-000042호
주소	서울 마포구 서교동 440-3 미주빌딩 2층
전화	070-4800-1375
팩스	02-334-7049
이메일	sbdori@naver.com
홈페이지	www.realbooks.co.kr
종이	일문지업
인쇄·제본	(주) 알래스카 인디고
디자인	김국회

SHIHOSHI KOREA Agency   master1@thenestshop.com

ⓒ 권정아

ISBN   979-11-86173-20-6 13810